5/6 Mars 1909

Collection de Mademoiselle LEROY

ANCIENNES PORCELAINES

De Sèvres, Saxe et autres

TABLEAUX, DESSINS, GRAVURES

OBJETS D'ART

[illegible] ET H. STETTINER

MARS 1909

CATALOGUE

DES

Anciennes Porcelaines

FRANÇAISES, EUROPÉENNES

et autres, principalement de

SÈVRES et SAXE

et des fabriques de

BOISSETTE, BOURG-LA-REINE, CAPO DI MONTE, CHANTILLY, CHINE, CHELSEA, DERBY, HOECHST, MENNECY, NIEDERVILLER, NYMPHENBURG, PARIS, SAINT-CLOUD, SCEAUX, VIENNE, WEDGWOOD

OBJETS DE VITRINE — BOITES — BIJOUX

OBJETS D'ART

Lustre ancien Louis XV, orné de fleurs en ancienne porcelaine tendre

TABLEAUX ANCIENS

DESSINS ET GRAVURES DU XVIIIe SIECLE, ETC., ETC.

COMPOSANT LA

Collection de Mademoiselle LEROY

Et dont la Vente aux enchères publiques

AURA LIEU

HOTEL DROUOT, SALLE N° 7

Les Vendredi 5 et Samedi 6 Mars 1909

à 2 heures 1/4

COMMISSAIRE-PRISEUR

Me F. LAIR-DUBREUIL, 6, rue Favart

EXPERTS

MM. PAULME & B. LASQUIN FILS

10, rue Chauchat — PARIS — 12, rue Laffitte

Chez lesquels se distribue le présent Catalogue

EXPOSITION PUBLIQUE

Le Jeudi 4 Mars 1909, de 1 heure 1/2 à 5 heures 1/2

CONDITIONS DE LA VENTE

La vente sera faite au comptant.

Les adjudicataires paieront *dix pour cent* en sus des enchères.

L'exposition mettant le public à même de se rendre compte de l'état et de la nature des objets, aucune réclamation ne sera admise une fois l'adjudication prononcée.

Les experts se réservent, dans l'intérêt de la vente, de réunir ou diviser les lots.

ORDRE DES VACATIONS

Vendredi 5 Mars, à 2 heures

Gravures anciennes	8 à 15
Dessins anciens.	6 et 7
Tableaux anciens.	1 à 5
Porcelaines anciennes (partie des)	16 à 89
Objets d'art	167 à 170

Samedi 6 Mars, à 2 heures

Objets de vitrine.	146 à 166
Porcelaines anciennes (fin des)	90 à 145

Paris. — Imp. de l'Art, Ch. Berger, 41, rue de la Victoire.

DÉSIGNATION

TABLEAUX ANCIENS

BOUCHER (Atelier de F.)

1 — *Le Petit Dénicheur.*

2 — *La Petite Marchande d'oiseaux.*

Deux charmants petits tableaux peints sur toile faisant pendants.

Répétitions avec quelques variantes dans les détails et mesures des deux mêmes compositions ayant fait partie de la Collection Mame.

(Vente du 26 avril 1904, nos 2 et 3.)

Beaux cadres anciens Régence en bois sculpté et doré.

Haut., 41 cent.; larg., 33 cent.

ÉCOLE FRANÇAISE (XVIIIe siècle)

3 — *Le Concert dans le parc.*

4 — *Le Retour du chasseur.*

Deux petites compositions de forme ronde, faisant pendants, peintes sur cuivre.

Cadres anciens.

Diam., 13 cent.

CHARLET

5 — *La Petite Fille au chat.*

Petite peinture sur toile. Signée à gauche.

Haut., 19 cent.; larg., 24 cent.

DESSINS ANCIENS

HUET (Jean-Baptiste)

6 — *Berger tenant un pigeon par un fil et suivi de son chien.*

Charmante aquarelle sur trait de plume. Signée et datée : *1776*.

Joli cadre ancien Louis XVI en bois sculpté doré.

Haut., 17 cent 1/2; larg., 21 cent. 1/2.

PERNET

7 — *Ruines antiques : paysages et figures.*

Deux importantes aquarelles, faisant pendants. Encadrées.

Haut., 53 cent.; larg., 40 cent.

6.550 les 2
3350
N° 169
4.805 les 2
2005

GRAVURES ANCIENNES

BARTOLOZZI (F.)

8 — *Vertumne et Pomone.*

— *Zéphire et Flore.*

Deux estampes ovales dans des encadrements ornés et rehaussés d'or, faisant pendants, d'après Coypel.

Superbes et très fraîches épreuves en couleur, avec petite marge. Encadrées.

Daridan.

BIGG (D'après W. R.)

9 — *Sunshine.*

— *Rain.*

Deux estampes anglaises faisant pendants, gravées par J. Ogborne.

Très belles épreuves en couleur, avec marge. Encadrées.

Schaffranek

COLIBERT (Par et d'après)

10 — *Scènes enfantines.*

Deux petites estampes de forme ovale et faisant pendants.

Très belles épreuves en couleur. Encadrées.

Pauline

PAYE (D'après M.)

11 — *Death of Robin.*

— *Robins interment.*

Deux estampes in-fol. en hauteur, gravées par P. Dawe, faisant pendants.

Superbes épreuves en couleur, avec marges. Encadrées.

Schaffranek

REYNOLDS (D'après Sir J.)

12 — *The Fortune Teller.*

Petite gravure anglaise en manière noire, par W. Reynolds.
Très belle épreuve, marge. Encadrée.

SINGLETON (D'après)

13 — *Summer morning.*
— *Winter evening.*

Deux estampes anglaises en hauteur, faisant pendants, gravées par Bell.
Très belles épreuves, avec marge. Encadrées.

HUYSUM (D'après Van)

14 — *A Flower piece.*
— *A Fruit piece.*

Deux belles estampes anglaises en manière noire, faisant pendants, les chefs-d'œuvre du maître-graveur Earlom.
Superbes épreuves, avec marge. Encadrées.

WESTALL (D'après)

15 — *Innocent mischief.*

Estampe in-fol. en hauteur, gravée par Jost.
Très belle épreuve en couleur, avec marge. Encadrée.

ANCIENNES PORCELAINES
FRANÇAISES, EUROPÉENNES
ET AUTRES

16 — **Boissette.** Caisse-jardinière, à quatre faces, reposant sur quatre pieds, décor à bouquets de fleurs en couleur : attributs de l'amour, filets et dorure.

17 — **Bourg-la-Reine.** Deux petits socles cubiques, décorés en couleur sur chacune des faces latérales de fleurs. Marque : *B. R.*, en creux, dans l'intérieur.

18 — **Capo-di-Monte** (?) (Pâte tendre). Ecuelle à bouillon à deux anses, avec son couvercle, surmonté d'une fleur avec son feuillage en relief. Curieux décor en couleur imitant le Saxe, à fleurs, insectes et médaillons de paysages et figures très finement peints, encadrés d'arabesques en dorure. Marque en bleu : une fleur de lys au-dessus de deux épées croisées. *Pièce curieuse.*

Haut., 13 cent.

19 — **Chantilly** (Pâte tendre). Très petit sucrier rond couvert, décoré en couleur de petits bouquets. Le couvercle surmonté d'un bouton de rose avec feuillage en relief au naturel. Marque en rouge.

Haut., 9 cent.

20 — **Chantilly** (Pâte tendre). Tasse et soucoupe, à bord évasé et contourné; décor coréen en couleur, arbustes fleuris, grues et autres volatiles. Marque en rouge.

21 — **Chantilly** (Pâte tendre). Tasse de forme évasée, à anse faite d'un branchage, avec feuilles en relief au naturel; décor d'insectes, œillets et pensées en couleur. Marque en rouge.

22 — **Chantilly** (Pâte tendre). Très petit sucrier rond couvert, décoré en couleur d'insectes et de branches fleuries. Le bouton du couvercle, fait d'un petit fruit avec feuilles en relief.

Haut., 7 cent. 1/2.

23 — **Chantilly** (Pâte tendre). Petit pot de toilette cylindrique couvert, décoré en couleur de petits personnages chinois et de branches fleuries. Le bouton du couvercle surmonté d'un petit fruit en relief. Marque en rouge. Petite monture ancienne, à petits godrons.

Haut., 7 cent.

24 — **Chantilly** (Pâte tendre). Paire de petites caisses à fleurs, de forme cubique, reposant sur quatre petits pieds. Chacune des faces offre une tige fleurie, dans un encadrement mouluré. Marque en rouge.

Haut., 65 millim.

25 — **Chantilly** (Pâte tendre). Drageoir rond, avec couvercle bombé, décoré en couleur sur le

dessus d'un médaillon : *Moulin avec personnage :* sur le dessous : *Château et paysage*, dans des encadrements à rosaces ou entrelacs. Au pourtour, ainsi qu'au revers du couvercle, branches fleuries. Petite monture en argent, à godrons.

Diam., 6 cent.

26 — **Chantilly** (?) (*Pâte tendre*). Flacon à parfum, en forme de bouquet de fleurs ; petite monture en or.

27 — **Chantilly** (Pâte tendre). Tasse arrondie, à anse, et sa soucoupe, décorée sur fond quadrillé bleu à pois d'or de médaillons à bouquets de fleurs en couleur encadrés en dorure. Marques en bleu, avec lettres *B* et *D*.

28 — **Chine**. Statuette de petite Chinoise portant un enfant sur son dos, décorée en émaux de couleur.

29 — **Chine**. Très petite poule couvant, en blanc émaillé.

30 — **Chelsea** (Pâte tendre). Statuette d'enfant debout, les jambes nues, auprès d'un tronc d'arbre et jouant avec un chien ; décor en couleur. Marque en creux *G 6*.

31 — **Chelsea** (Pâte tendre). Statuette de jeune garçon debout près d'un tronc d'arbre, sur terrasse rocaille. Il est coiffé d'un chapeau à plume et porte dans ses bras un coq.

Haut., 18 cent.

32 — **Derby**. (Pâte tendre). Petit vase, avec son couvercle, de forme ovale, sur piédouche rond, modelé et orné en relief de très fins branchages et fleurettes; les anses formées chacune de deux mascarons, figurant les quatre saisons; la panse est ornée de fleurs en dorure dans trois médaillons: le couvercle, à rocailles, est couronné d'une statuette d'enfant nu assis, tenant une guirlande de fleurs; à ses pieds, fleurettes et fruits; monture ancienne Louis XV en bronze ciselé et doré.

Haut., 23 cent. 1/2.

33 — **Hœchst**. Corbeille triangulaire, à côtés mouvementés et angles arrondis, à bord élevé et ajouré, orné de petites fleurettes; dans le fond, bouquet de fleurs en couleur, le dessous gaufré à vannerie. Marqué.

Long. d'un côté, 22 cent.

34 — **Limoges**. Tasse mignonnette, décorée de bouquets de fleurs en couleur, bord dentelé en dorure.

35 — **Mennecy-Villerci** (Pâte tendre). Cuillère à sucre en poudre : le cuilleron ajouré en forme d'étoile; le manche, terminé par un cartouche, avec fleurons et feuillages en relief; elle est décorée en couleur de fleurettes.

Long., 18 cent.

36 — **Mennecy-Villeroi** (Pâte tendre). Moutardier à anse, forme tonnelet, et son couvercle bombé, décoré de filets en relief et de bouquets de fleurs en couleur. Marque en creux.

37 — **Mennecy-Villeroi** (Pâte tendre). Théière à anse blanchage et feuillage fleurs en relief, avec son couvercle surmonté d'un fruit : décor de bouquets et gerbes de fleurs en couleur ; petit cercle d'argent à la base. Marque en creux.

38 — **Mennecy-Villeroi** (Pâte tendre). Sucrier, de forme ronde, à deux anses et son couvercle, surmonté d'une fraise avec feuillage en relief : riche décor à gerbes de fleurs en couleur. Marque en creux.

39 — **Mennecy-Villeroi** (Pâte tendre). Petit pot de toilette cylindrique, avec couvercle bombé à bouton, décor bleu à lambrequin. Marque en creux.

Haut., 8 cent.

40 — **Mennecy-Villeroi** (Pâte tendre). Pot de toilette cylindrique à lobes et nervures, avec son couvercle bombé, surmonté d'une fleur et feuillage en relief au naturel, décoré en couleur : fleurettes et bouquets. Marque en creux : *D* V 2.

Haut., 9 cent.

41 — **Mennecy-Villeroi** (Pâte tendre). Pot de toilette couvert, analogue au précédent, plus petit. Marque en creux.

Haut., 8 cent.

42 — **Mennecy-Villeroi** (Pâte tendre). Deux petits pots de toilette, analogues aux précédents, encore plus petits. Un seul est marqué en creux.

Haut., 7 cent.

43 — **Mennecy-Villeroi** (Pâte tendre). Petite boite, en forme de coffret contourné, à tiroirs, décorée de fleurettes et bouquets de fleurs en couleur. Petite monture ancienne en argent.

44 — **Mennecy-Villeroi** (Pâte tendre). Boite à couvercle ovale, formée d'un groupe de deux poissons, à décor naturel; les deux faces du couvercle ainsi que l'intérieur de la boite sont ornés de bouquets de fleurs en couleur. Petite monture ancienne en argent.

45 — **Mennecy-Villeroi** (Pâte tendre). Boite, avec couvercle ovale. Elle est formée d'un groupe de lion et lionne couchés, décor naturel; sur les deux faces du couvercle, fleurs. Monture ancienne en argent.

46 — **Mennecy-Villeroi** (Pâte tendre). Boite ovale, avec couvercle, en forme de corbeille. Pâte gaufrée vannerie et décor de bouquets de fleurs en couleur. Le couvercle offre, sur fond gaufré, trois fleurs et feuillage en relief et en couleur sur le dessus, et un bouquet au revers. Petite monture ancienne en argent.

47 — **Mennecy-Villeroi** (Pâte tendre). Béquille de canne, faite d'un perroquet, décoré au naturel.

Haut., 9 cent.

48 — **Mennecy-Villeroi** (Pâte tendre). Petit vase, de forme Médicis, avec piédouche godronné, à lobes et nervures, décor de fleurs en couleur. Marque en creux.

49 — **Mennecy-Villeroi** (Pâte tendre). Petit vase, de forme Médicis, à piédouche; décor en couleur, à guirlandes et chûtes de fleurs nouées par des rubans et deux bordures à rocailles. Marque en rouge. *Pièce intéressante par sa forme et son décor.*

50 — **Mennecy-Villeroi** (Pâte tendre). Vase-jardinière, de forme lobée à bord dentelé; riche décor en couleur de fleurettes et gerbes de fleurs. Marque en creux.

Haut., 12 cent.

51 — **Mennecy-Villeroi** (Pâte tendre). Très petite breloque avec cachet, formée d'une minuscule figurine d'enfant debout, sur terrasse à fleurettes en couleur. Anneau en or, et cachet-intaille à profil de femme.

52 — **Mennecy-Villeroi** (Pâte tendre). Petite et très fine statuette de jeune garçon debout près d'un tronc d'arbre et sur un tertre avec un chapeau posé à terre. Marque *D V.* en creux.

Haut., 10 cent.

53 — **Mennecy-Villeroi** (Pâte tendre). Petite statuette de jeune garçon debout, en costume de couleur paré de multiples nœuds de ruban : il est appuyé contre un tronc d'arbre et joue de la flûte. Marque, *D V* en creux. *Cette statuette peut faire pendant à la précédente.*

Haut., 9 cent. 1/2.

54 — **Mennecy-Villeroi** (Pâte tendre). Statuette de fillette debout, les jambes et les pieds nus, coiffée d'un chapeau et portant au bras un panier à anse. Décor en couleur.

Haut., 11 cent.

55 — **Niederviller** (Porcelaine dure). Jardinière ou porte-bouquet, de forme oblongue à trois faces mouvementées, encadrées de rocailles avec angles ajourés; sur les côtés, anses faites de fleurons en relief. Le couvercle ajouré forme dôme à quatre nervures faites de consoles. Elle est très finement décorée en couleur de bouquets, gerbes et guirlandes de fleurs et insectes, dans des encadrements à rocailles. A l'intérieur, tablette ajourée mobile. Sur la face postérieure est peinte l'inscription :

DE

NITERVILLER (*sic*)

Pièce remarquable par sa forme et la finesse du décor.

Long., 20 cent.; larg., 11 cent.; haut., 15 cent.

56 — **Nymphenburg.** Tasse mignonnette droite : décor brouillé en couleur.

57 — **Paris.** Très petite corbeille blanche à vannerie, gaufrée et ajourée.

58 — **Paris.** Très petite cafetière couverte, décorée d'un semis de fleurettes en couleur, branchages et bordure en dorure. Manche en bois tourné.

π

59 — **Paris**. Très petit bourdaloue, forme violon, à anse, décoré en couleur de petits bluets et d'une bordure dentelée d'or.

Long., 8 cent.

60 — **Paris** (Locré). Deux groupes faisant pendants : *Amour et fillette nus*, avec colombes, carquois et torche. Marque ordinaire et monogramme : *Ch*. en creux.

Haut., 24 cent.

61 — **Paris** (Locré). Paire de cachepots, de forme arrondie, décorés chacun de deux bouquets de fleurs en couleur; montures anciennes en argent, à deux anses, avec anneaux mobiles.

62 — **Paris**. Jardinière évasée, de forme ovale, à bord contourné, sur base à gorge, décor en dorure et en couleur par bandes verticales; rinceaux, cordons, festons et chutes de fleurs; elle est agrémentée de deux anses à têtes de bélier en bronze ciselé et doré.

Haut., 20 cent.; larg., 34 cent.

63 — **Saint-Cloud** (Pâte tendre). Très petit pot à anse, décoré de lambrequin et rinceaux en bleu.

64 — **Saint-Cloud** (Pâte tendre). Paire de petits pots couverts, à piédouche et panse godronnée, décor à lambrequin en bleu.

65 — **Saint-Cloud** (Pâte tendre). Grand pot de toilette couvert, de forme droite cylindrique, à décor de branchages fleuris en relief, émaillé blanc.

Haut., 13 cent.

66 — **Saint-Cloud** (Pâte tendre). Statuette d'enfant nu, assis sur un rocher auprès d'un vase de forme Médicis, enguirlandé de fleurs; biscuit émaillé blanc.

Haut., 16 cent.

67 — **Saxe.** Chat assis, décor naturel.

68 — **Saxe.** Chat tenant dans ses deux pattes un oiseau, décor naturel.

69 — **Saxe.** Très petit coq debout, décor au naturel.

70 — **Saxe.** Oiseau perché sur un tronc d'arbre, décor naturel.

Haut., 13 cent. 1/2.

71 — **Saxe.** Paire de petits chevaux de selle, harnachés, se cabrant et appuyés sur un tronc d'arbre orné de fleurettes et feuillage en relief et en couleur.

Larg., 10 cent.; haut., 11 cent. 1/2.

72 — **Saxe.** Coq et poule debout, faisant pendants, à décor naturel, sur terrasse à feuillage et fleurs en relief et en couleur.

Haut., 25 cent.

73 — **Saxe.** Statuette émaillée blanc : Enfant nu debout, avec écharpe, portant une corbeille de fleurs.

Haut., 13 cent.

74 — **Saxe.** Statuette de sphynx ailé, à figure de femme enserrant un serpent, sur terrasse ornée de fleurettes et feuillage en relief; décor en couleur.

Larg., 10 cent.; haut., 6 cent.

75 — **Saxe.** Petit groupe de deux enfants nus jouant avec une chèvre, sur terrasse à rocailles et feuillages, décor en couleur et rehauts de dorure.

Haut., 9 cent. 1/2 ; long., 10 cent.

76 — **Saxe.** Groupe de trois enfants nus, l'un assis, les deux autres debout, l'un symbolisant la *Géographie ;* socle de base à rocaille avec fleurs en relief et dorure.

Haut., 12 cent.

77 — **Saxe.** Statuette de personnage chinois, dans le goût de Leprince, debout, chantant et jouant de la guitare ; terrasse à rocailles et décor en couleur.

Haut., 18 cent. 1/2.

78 — **Saxe.** Paire de petits socles bas rectangulaires à angles coupés, moulurés et ornés, sur l'une des faces, d'un cartel modelé à rocailles ; filets d'or. Marque *K. H. C.*

Long., 7 cent. ; larg., 6 cent. ; haut., 3 cent.

79 — **Saxe.** Petit pot de toilette cylindrique, avec couvercle surmonté d'une fraise en relief, décor à bouquets de fleurs en couleur.

80 — **Saxe.** Beurrier, de forme ovale allongée, à deux petits anses et couvercle à rinceau découpé et ajouré ; bordure gaufrée à vannerie et décor de bouquets de fleurs en couleur.

81 — **Saxe**. Moutardier à anse et son couvercle surmonté d'un fleuron, en forme de tonnelet, décoré, sur fond lie de vin, de petits médaillons à quatre lobes chargés de branches fleuries.

82 — **Saxe**. Écuelle ronde, à deux anses, avec son couvercle et son plateau à pâte gaufrée vannerie; les anses avec feuillage en relief, le bouton du couvercle fait d'une fraise avec sa fleur et ses feuilles.

Diam. du plateau, 17 cent. 1/2.

83 — **Saxe**. Plateau ovale à bord contourné et deux anses faites de branchages avec fleurettes en relief au naturel; bordure gaufrée à palmettes et quatre médaillons ornés d'oiseaux et volatiles divers; au fond, fleurettes et bouquets en couleur.

Long., 30 cent.

84 — **Saxe**. Très petit bac-à-fleurs à deux têtes mascarons, filets dorés et petites fleurs en couleur; il est muni d'un petit arbuste en fleurs décoré au naturel.

85 — **Saxe**. Autre très petit bac-à-fleurs analogue au précédent, à deux mascarons et quatre petits pieds.

86 — **Saxe**. Paire de petits vases à col rétréci et piédouche, ornés en relief, couleur et dorure, d'une frise à grecque et de deux mascarons à têtes de femmes reliés par des guirlandes, décor de bouquets de fleurs. Marque de *Marcollini*.

Haut., 11 cent. 1/2.

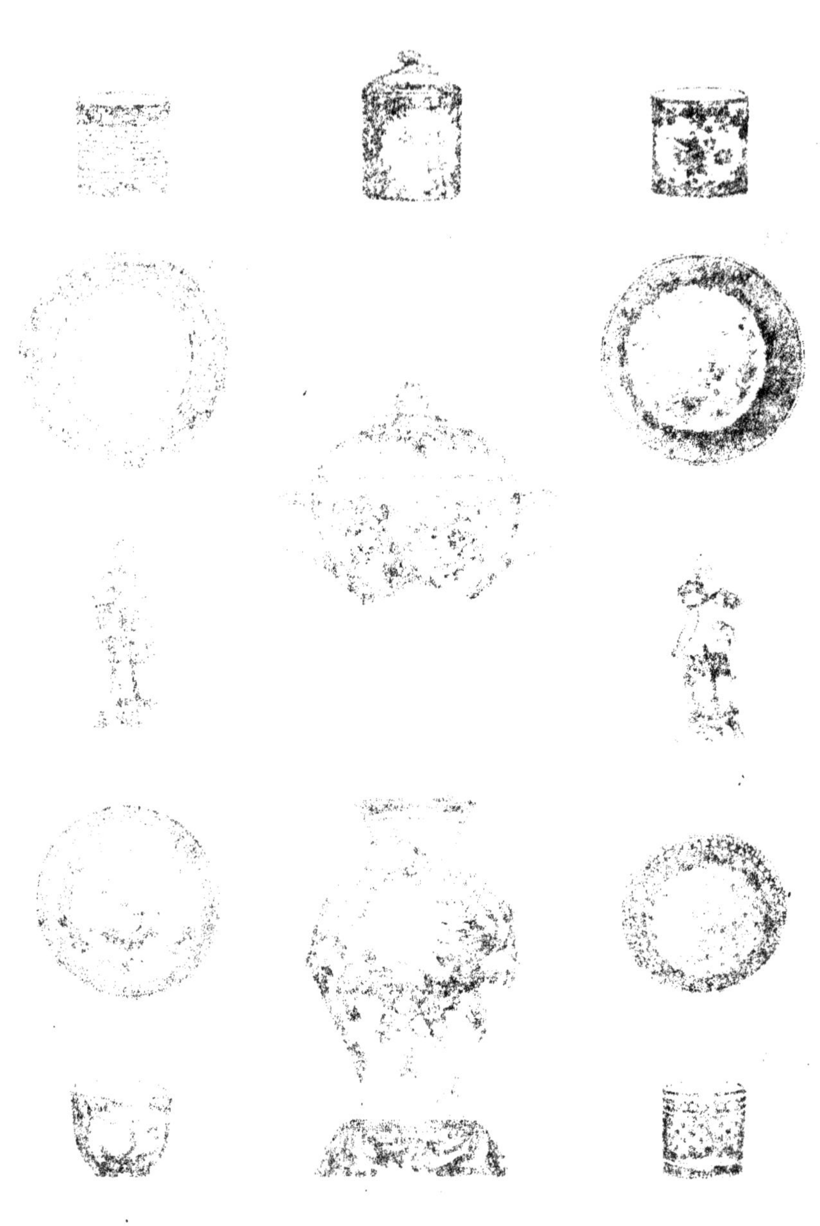

N° 128
N° 180
N° 130
N° 88
N° 58
N° 141
N° 109
N° 141
N° 89
N° 109

87 — **Saxe**. Paire de très petits vases à col évasé, piédouche et deux anses dauphins; ils sont entièrement modelés et gaufrés à relief et décorés de bouquets de fleurs en couleur.

Haut., 10 cent.

88 — **Saxe.** Vase, pot-pourri, de forme sphérique avec col rétréci, orné à l'entour sur la panse de branchanges fleuris et de fleurettes en relief au naturel et de fleurs peintes en couleur.

Haut., 14 cent.

89 — **Saxe.** Vase forme balustre, décoré en couleur, de deux médaillons à paysages animés de volatiles divers, encadrés de branchages fleuris; entre ces médaillons, décor de petits bouquets en couleur; collerette en cuivre et terrasse à rocailles et feuillages.

Haut., 25 cent.

90 — **Sceaux** (Pâte tendre). Pot à crème couvert, avec anse rinceau, très finement décoré en couleur d'insectes, oiseaux et volatiles divers sur des branchages fleuris. Le bouton du couvercle fait d'un fruit en relief.

91 — **Sèvres** (Pâte tendre). Deux statuettes en biscuit, faisant pendants : *Berger et Bergère*, par *de Ferner*. Marque *F* en creux.

Haut., 22 cent.

92 — **Sèvres-Vincennes** (Pâte tendre). Tasse, avec sa soucoupe, à décor d'arbustes et oiseaux en camaïeu bleu.

93 — **Sèvres-Vincennes** (Pâte tendre). Petite tasse droite avec sa soucoupe, décorée d'imbrications en dorure et de bandes circulaires bleu de roi. Décor par *Chauvaux père*.

94 — **Sèvres** (Pâte tendre). Petit pot à lait, à anse et trois pieds, décor de branchages en relief et dorure, avec bouquets de fleurs en couleur.

95 — **Sèvres-Vincennes** (Pâte tendre). Très grande tasse droite couverte, décorée en dorure de paysage avec oiseaux; le bouton du couvercle fait d'une marguerite double.

Haut., 13 cent.

96 — **Sèvres** (Pâte tendre). Petite tasse droite avec sa soucoupe, décorée de bluets, bordure dentelée en dorure. Année 1781.

97 — **Sèvres** (Pâte tendre). Pot à sorbet, à anse, décor à bouquets de fleurs, bord dentelé en dorure avec filets bleus.

98 — **Sèvres-Vincennes** (Pâte tendre). Tasse couverte, décorée de festons de feuillages circulaires en camaïeu rose. Décor par *Levé*.

99 — **Sèvres** (Pâte tendre). Tasse droite avec sa soucoupe, décorée d'un semis de fleurettes et petits pois en dorure; bande circulaire lilas et palmes vertes. Année 1787. Décor par *de la Roche*.

100 — **Sèvres** (Pâte tendre). Sucrier couvert, décoré de bouquets de fleurs en couleur; bord dentelé et filet en dorure. Année 1770.

101 — **Sèvres** (Pâte tendre). Tasse droite avec sa soucoupe, décorée de festons de roses et myosotis; bordure à lambrequin et rinceaux de feuillage en dorure sur fond lilas. Année 1781. Décor de *Guillaume Noël*.

102 — **Sèvres** (Pâte tendre). — Tasse, forme vase, à deux anses, avec son présentoir, décorée sur fond gros-bleu de rinceaux et branchages fleuris en dorure; bordure blanche à oves et pointillé or.

103 — **Sèvres** (Pâte tendre). Déjeuner solitaire, comprenant un plateau de forme ovale et contournée, une tasse couverte et sa soucoupe, et un pot à lait. Décor de paysages avec habitations, cours d'eau et pêcheurs, en couleur; bord dentelé en dorure. Année 1759. Décor par *Aloncle*.

104 — **Sèvres** (Pâte tendre). Tasse couverte à deux anses, avec sa soucoupe, décorée de bouquets de fleurs en couleur; bord dentelé en dorure. Année 1759. Marque *R*.

105 — **Sèvres** (Pâte tendre). Tasse avec sa soucoupe, de forme et décor analogue à la précédente; un peu plus petite. Année 1784. Décor par *Sioux aîné*.

106 — **Sèvres** (Pâte tendre). Plateau-présentoir rectangulaire à bord relevé, décoré d'un semis de bluets; bordure dentelée en dorure. Année 1782. Marque *A M*.

107 — **Sèvres** (Pâte tendre). Plateau-présentoir analogue au précédent ; décor à bouquets de fleurs en camaïeu rose ; bord dentelé en dorure. Année 1756. Marque *R*.

108 — **Sèvres** (Pâte tendre). Tasse-mignonnette, à décor de bouquets de fleurs en couleur; bordure or et filets bleus.

109 — **Sèvres** (Pâte tendre). Tasse-mignonnette avec sa soucoupe, décorée sur fond gros-bleu d'émaux de couleur; bordure à œil de perdrix : dans le fond de la soucoupe, très petit médaillon paysage. Décor par *Le Guay*.

110 — **Sèvres** (Pâte tendre). Petit présentoir ou plateau carré à bord relevé et ajouré, émaillé blanc.

111 — **Sèvres** (Pâte tendre). Petite tasse droite avec sa soucoupe, décorée de couronnes de feuilles de chêne en dorure avec pensées en couleur, alternant avec des bouquets de roses ; à la partie inférieure, semis de fleurs. Année 1771. Décor par *Niquet*.

112 — **Sèvres** (Pâte tendre). Petite tasse droite avec sa soucoupe, décorée sur fond gros-bleu de réserves à bouquets de roses noués par un ruban bleu. Année 1776. Décor par *Taillandier*.

113 — **Sèvres** (Pâte tendre). Grande assiette plate à bord contourné et hachures gaufrées, décorée

en camaïeu rose ; au centre, amour jouant du tambour ; au marli, fleurettes et bouquets. Année 1755. Décor par *Buteux*.

114 — **Sèvres** (Pâte tendre). Tasse couverte avec sa soucoupe, décorée en couleur d'arbustes avec oiseaux. Année 1759. Décor par *Viellard*.

115 — **Sèvres** (Pâte tendre). Tasse droite avec sa soucoupe, décorée sur fond vert de petites réserves roses, couronnes de feuillages en dorure. Année 1769. Décor par *Noël*.

116 — **Sèvres** (Pâte tendre). Déjeuner solitaire, comprenant : tasse et sa soucoupe, sucrier couvert, pot à lait et théière reposant sur un plateau-présentoir assorti, en *Niederviller*. Décor à bouquets de fleurs en couleur, avec bordure dentelée en dorure.

117 — **Sèvres-Vincennes** (Pâte tendre). Tasse-mignonnette, à décor de bouquets de roses, en camaïeu bleu.

118 — **Sèvres** (Pâte tendre). Autre tasse avec sa soucoupe, de mêmes forme et décor que la précédente, plus petite.

119 — **Sèvres** (Pâte tendre). Flacon à thé, de forme rectangulaire, à angles cintrés, décoré de bouquets de fleurs en couleur, avec filet en dorure ; couvercle cerclé d'argent. Année 1775. Décor par *Théodore*.

120 — **Sèvres** (Pâte tendre). Tasse droite avec sa soucoupe, décorée d'œil de perdrix en rouge et vert, pois en or et pointillé bleu.

121 — **Sèvres-Vincennes** (Pâte tendre). Grande tasse droite avec sa soucoupe, décorée sur fond bleu-de-roi d'amours sur des nuages, entourés de guirlandes de laurier; bordure à feuillages et pointillé d'or.

122 — **Sèvres-Vincennes** (Pâte tendre). Petit pot de toilette couvert, de forme droite cylindrique, décoré sur fond bleu-marbré de deux réserves avec oiseaux en couleur; encadrement de rinceaux fleuris en dorure.

123 — **Sèvres** (Pâte tendre). Tasse avec sa soucoupe, décorée sur fond gros bleu vermiculé or de réserves à paysages et volatiles. Année 1764. Décor par *Moriot*.

124 — **Sèvres** (Pâte tendre). Petite tasse droite avec sa soucoupe, décorée de bandes circulaires à disques, fond vert avec émaux rubis, festons de fleurs en couleur et bordure à rinceaux en dorure sur fond vert. Année 1780. Décor par *Tandart* et *Buteux aîné*.

125 — **Sèvres** (Pâte tendre). Petit sucrier, décoré sur fond bleu-de-roi de deux réserves avec trophées de musique, fleurs et fruits; encadrements de rinceaux fleuris en dorure. Année 1758. Décor par *Ch. Buteux*.

126 — **Sèvres** (Pâte tendre). Grande tasse avec sa soucoupe, décorée de bandes verticales à œil de prix, fond lilas et bleu pointillé d'or, festons de fleurs et rayures roses enguirlandées de feuillages en or. Année 1776. Décor par *Thévenet père*.

127 — **Sèvres-Vincennes** (Pâte tendre). Tasse avec sa soucoupe, décorée de paysages avec pêcheurs; bandes à imbrications rouge et or.

128 — **Sèvres** (Pâte tendre). Petite écuelle à bouillon avec couvercle et son présentoir ovale à quatre lobes à fond gros bleu, et décor de guirlandes de perles et fleurons; bordure blanche à filets d'or, feuillages et œillets; au centre du plateau, bouquet de fleurs dans une réserve. Décor par *Bailly*.

129 — **Sèvres-Vincennes** (Pâte tendre). Petite tasse droite avec sa soucoupe, décorée sur fond gros-bleu de réserves avec oiseaux, encadrées de rinceaux fleuris en dorure.

130 — **Sèvres** (Pâte tendre). Petite tasse droite avec sa soucoupe, décorée sur fond bleu-de-roi de fleurs en couleur dans des réserves encadrées de guirlandes et feuillages en dorure. Année 1777. Décor par *Levé père*.

131 — **Sèvres** (Pâte tendre). Petite tasse avec sa soucoupe, décorée sur fond rose, à marbrures violacées et pointillé or, de réserves, avec paysage et oiseaux. Année 1760. Décor par *Aloncle*.

132 — **Sèvres** (Pâte tendre). Tasse droite avec sa soucoupe, décorée, sur fond jaune canari, d'un semis de fleurettes bleues et de deux bordures circulaires à feuillage de fougères en camaïeu violet. Année 1788.

133 — **Sèvres** (Pâte tendre). Grande tasse droite avec sa soucoupe, décorée en camaïeu rose d'un amour tenant une colombe sur des nuages; dans le fond de la soucoupe : fillette assise avec corbeille de raisins. Année 1769. Décor par *Hilken*.

134 — **Sèvres** (Pâte tendre). Tasse droite avec sa soucoupe, décorée sur fond jaune de chutes de fleurs en couleur; bord à filets dorés, fond bleu lavande. Année 1788. Marque *P. C.*

135 — **Sèvres** (Pâte tendre). Aiguière à anse et son bassin en forme de nef, décor à frises de rinceaux et vermicules en dorure sur fond bleu-turquoise, frises de festons de fleurs en couleur sur fond réservé en blanc; dans le fond de la cuvette, décor en dorure. Année 1766.

Haut., 27 cent.; larg., 39 cent.

136 — **Sèvres** (Pâte tendre). Grande tasse à deux anses, couverte, avec sa soucoupe, décorée sur fond jaune d'une réserve avec couronne de fleurs retenue par un nœud de ruban, en camaïeu bleu. Décor par *Catrice*.

137 — **Sèvres** (Pâte tendre). Aiguière couverte et sa cuvette ovale de forme contournée. Décor sur fond blanc par bandes parallèles de petites roses ou d'œil de perdrix dans des compartiments triangulaires limités par des palmes vertes et branchages en dorure. Année 1770.

Haut., 20 cent. ; larg., 29 cent.

138 — **Sèvres** (Pâte tendre). Petite tasse avec sa soucoupe et son présentoir ou petit plateau carreau à bord relevé et ajouré. Décor sur fond vert-turquoise de réserves avec amours sur des nuages en camaïeu rose; encadrements de filets et fleurs en dorure. Année 1760.

(Aurait appartenu à la reine Marie-Antoinette.)
(Ancienne collection Clément de Ris.)

139 — **Sèvres** (Pâte tendre). Paire de petits cache-pot jardinières à deux anses branchages rehaussés d'or. Décor à deux médaillons de paysages avec habitations et moulin en camaïeu bleu.

(Auraient appartenu à Mademoiselle Colombe, de la Comédie Italienne.)

Haut., 10 cent. 1/2.

140 — **Sèvres-Vincennes** (Pâte tendre). Très petit vase, de forme balustre, à piédouche et deux anses doubles entrelacées avec fleurettes en relief se perdant à la base. Le piédouche est orné de petites coquilles en relief. Décor en dorure : hachures et bouquets de fleurs.

Haut., 9 cent. 1/2.

141 — **Sèvres-Vincennes** (Pâte tendre). Tasse mignonnette avec sa soucoupe, décorée sur fond *rose du Barry*, de réserves : paysages, arbustes et oiseaux ; encadrements de fleurs en dorure. Décor par *Bardet*.

(Collections Fournier, Boy, Molinier.)

142 — **Sèvres** (Pâte tendre). Jardinière, de forme oblongue, à quatre lobes, deux anses feuilles, quatre pieds consoles et bordure moulurée à filets bleu et or. Elle est décorée de fruits et fleurs en couleur avec chutes fleuries sur les coins arrondis. Garniture faite d'une gerbe de feuillages en tôle peinte en vert, ornée de fleurs et fleurettes en porcelaine. Année 1759.

Long., 24 cent. ; haut. totale, 25 cent.

143 — **Vienne**. Cache-pot-jardinière, à deux oreilles coquilles ; décor en couleur.

Haut., 13 cent., 1/2.

144 — **Vienne**. Statuette de singe musicien joueur de guitare, debout avec collerette et chapeau ; décor en couleur.

Haut., 14 cent.

145 — **Wedgwood**. Flacon cylindrique avec son couvercle, forme dôme ; biscuit à sujets en bas-relief dans le goût de l'antique, blanc sur fond bleu clair. Marque en creux.

Haut., 10 cent.

OBJETS DE VITRINE

ÉVENTAIL, BIJOUX, BOITES, ETC.

146 — Éventail, du temps de Louis XV, à monture d'os ajourée. La feuille peinte sur vélin offre trois médaillons encadrés de rocailles; dans celui du centre se voit très finement peint en miniature un portrait de fillette en grande toilette au milieu de jouets divers.

147 — Petite boite ronde en cristal taillé à pointe de diamant. Monture en or gravé à rinceaux et feuillage. Époque Louis XV.

Diam., 4 cent.

148 — Petit gobelet, de forme polygonale évasée, en cristal taillé. Monture à anse mobile en argent gravé et doré. XVIIe siècle.

149 — Flacon a parfum en cristal taillé avec son bouchon en or ciselé à rosace et guirlandes de laurier, d'époque Louis XVI.

150 — Boite à deux compartiments intérieurs avec son couvercle en jade taillé. En forme de rosace à quatre lobes, elle offre un décor de rinceaux et feuillages avec bouton du couvercle en relief. Ancien travail chinois.

151 — Bouton en jade taillé à jour : animaux divers auprès d'un buisson.

152 — Très petit service a thé de poupée en argent, comprenant : un plateau ovale à bord ajouré, deux anses et quatre pieds, théière, cafetière, aiguière, sucrier, huit tasses, soucoupes et cuillers. Epoque Restauration.

153 — Bijou-pendeloque, fait d'une croix en or gravé et émaillé, offrant sur ses deux faces le Christ et la Vierge; il est orné de cinq perles fines. xvie siècle.

154 — Bijou-pendeloque, fait d'une petite croix en cristal de roche; sur les deux faces, le Christ et la Vierge en or, ainsi que les extrémités de la croix qui sont partiellement émaillées et ornées de trois petites perles fines. xvie siècle.

155 — Petit reliquaire en or filigrane, forme cœur, à décor de rinceaux émaillés en partie; sur les deux faces, petits médaillons en émaux de couleur. Ancien travail espagnol.

156 — Pendeloque en argent partiellement doré avec ornements filigranes, orné, sur ses deux faces, de deux médaillons en verre églomisé : bustes du Christ et d'une sainte femme. Fin du xvie siècle.

157 — Boite rectangulaire à profil cambré en prime d'améthyste. Le couvercle est surmonté d'un petit chien taillé dans la masse, orné d'un collier en or serti, ainsi que les yeux de petits rubis et roses; monture en or guilloché et gravé à rinceaux et petits cartouches rocailles. Époque Louis XV.

Long., 57 millim.; larg., 46 millim.

158 — Bonbonnière ronde en poudre d'écaille, ornée sur le dessus d'une miniature ovale : portrait de jeune femme en buste. Époque Louis XVI.

159 — Monocle à monture d'argent doré ornée de petites turquoises. Commencement du xixe siècle.

160 — Monocle à monture d'or avec petite pierre agate. Fin du xviiie siècle.

161 — Etui en forme de bébé emmailloté; ancienne porcelaine d'Allemagne émaillée en blanc; petite monture en argent.

162 — Etui en forme de bras; ancienne porcelaine d'Allemagne émaillée en couleur; bouchon en métal.

163 — Etui à cire cylindrique ovale, à quatre lobes, en or guilloché et gravé avec fleurettes. Epoque Louis XVI.

164 — Etui à cire cylindrique ovale en or ciselé, à perles et frises de godrons en spire. Epoque Louis XVI. Etui en galuchat.

165 — Petite boite plate oblongue à extrémités arrondies en or guilloché et gravé à arabesques et quadrillés, ornée de petits filets émaillés bleus. Époque Louis XVI.

166 — Tabatière rectangulaire en or guilloché sur les deux faces, le pourtour bombé ornementé de rinceaux. Fin du xviiie siècle.

OBJETS D'ART

LUSTRE LOUIS XV

DENTELLE DE VENISE

167 — COUVRE-LIT RECTANGULAIRE, formé de carrés en toile brodée, filet, guipure et dentelle en point de Venise. XVIIIe siècle.

Long., 1 m. 70 cent.; larg., 1 m. 30 cent.

168 — BOUGEOIR A ANSE formé d'un branchage feuillagé reposant sur une terrasse rocaille en bronze ciselé et doré. Il est orné de fleurettes et d'un chat en ancienne porcelaine de Saxe à décor naturel. Époque Louis XV.

Haut., 11 cent. 1/2.

169 — PAIRE DE VASES de forme ovoïde, à piédouche et socle carré en tôle émaillée au four. Ils sont décorés sur fond rouge rehaussé de dorure de deux médaillons ovales offrant des compositions familiales en couleur dans le goût de Greuze. Ces médaillons encadrés en dorure sont reliés entre eux par des guirlandes de fleurs polychromes. Monture en bronze très finement ciselé et doré, faite de deux anses à mascarons têtes de dauphins et feuillages. Fin de l'époque Louis XV.

Haut., 31 cent.

N° 170

14 000

170 — Petit lustre, à six lumières, formé de branchages enguirlandés de feuillages en bronze fondu ciselé et doré, ornés de nombreuse fleurs et fleurettes en ancienne porcelaine tendre de Sèvres, Vincennes ou autres : entre deux lumières, trois branchages se relient au sommet formant dôme, au centre duquel est un oiseau en bronze décoré au naturel. Époque Louis XV.

Haut., 60 cent.

www.ingramcontent.com/pod-product-compliance
Ingram Content Group UK Ltd.
Pitfield, Milton Keynes, MK11 3LW, UK
UKHW021647260726
13994UKWH00003B/1322